リボン

上田信治　句集

邑書林

もくじ

Ⅰ……7
Ⅱ　車庫……27
Ⅲ　感情……51
Ⅳ　小型犬……71
Ⅴ　バナナ……95
Ⅵ……119
あとがき……155

リボン

上田信治　句集

I

うつくしさ上から下へ秋の雨

朝顔のひらいて屋根のないところ

秋彼岸晴れてゆらゆら火がもえて

夜の海フォークの梨を口へかな

鶏頭に西瓜の種のやうな虫

押入を開けて布団の明るしよ

雲光るはつふゆ中華料理かな

池を見る人たち冬日ぼんやりと

額入りの仔牛の写真花八つ手

針金の荷札と枯草のいろいろ

冬の水いまにも眠りさうな人

オレンジの断面冬の世田谷区
中くらゐの町に一日雪降ること

石鹸玉へと夕焼のつめたさよ

木の中を飛ぶ鳥のゐて椿の木

大仏や木にそれぞれの芽のかたち

春の蟹わあつと笑ふ女のひと

大き甕てふてふ一つ来て帰る

ぜんまいの上にも空があつて山

とほい海あけがた蠅の生まれけり

日のひらめく海の若布を食べにけり

昼乾く道とは別にもんしろ蝶

韮の花すこし歩けば沼だといふ

かしはもち天気予報は雷雨とも
著莪の花つめたいペットボトルかな

額の花テレビの音のして白く

こすれあく蓋もガラスの梅雨曇

睡蓮や浴槽に日が差してゐる

白い部屋メロンのありてその匂ひ

萩日和大きな音はバケツから
山々や芋虫は葉を食べてゐる

肩が丸くて秋の果物のいろいろ

四つ割の柿と写真の二三枚

ひとつめのいちじくの雨上りかな

II

車庫

ワゴン車の三台停まり猫柳

昼の月水栽培のヒヤシンス

夏みかん鈴生り車庫の口四角

雑木の芽硬貨に古き新しき

夜の屋根さざえの刺身赤つぽく

目も顔も丸き女やベランダに
茴香の花とまはりの小石かな

トロ箱にぎつしり土や梅雨の月

階段の上より夏の川を見し

目のまへの薊のわたの宙へとぶ
吾亦紅ずいぶんとほくまでゆれる

鉄の蓋開ければ蛇口ななかまど
側溝に雨の紅葉の打ち重なる

狛犬のあたまに雪の高く積む

橋の雪ゆつくり落ちぬ川面まで

雪のうへ雪折の枝ならべあり
石投げて池に氷や白く撥ね

水よりも汚れてゐたる氷かな

落葉みな楓のかたち動かずに

石ごろごろ冬菜明るく雲明るく

はくれんに風つよき日やペンキ塗る

春の蕗なだらかにやや低きまで

囀や駐車場いつぱいの石

すひかづら空明るくて荒模様
家よりも大きな雲や瓜の花

ねぢ花を見てゐる顔や夏の雲

溶接の火花すずしく油蟬

炎昼に半月がありずつとある

夏鴉ま上に跳んで塀に載る

昼顔のつづきの道に猫の皿

ひもつけて鶏を飼ふ鳳仙花

二鉢のかまつか伸びて相寄りぬ

水道の鳴るほど柿の照る日かな

紅葉山から蠅がきて部屋に入る

秋汐の小石の浜にうねる岩

サボテンの砂零れをる冬初め
雨樋を石蕗の花へとたどり見る

すぐそこに灯台のある葱畑

北風の吹いてするめの大きくて

国道へ冬の浜から戻る道

花きやべつ配電盤が家のそと

冬照る日冬木の枝を消しつづけ
絨緞を靴下の足あゆみ来る

III

感情

秋・紅茶・鳥はきよとんと幸福に

鵙の声あるいは顔に手が触れる

柚子黄色いくつもいくつも空にあり

ひとり見る水草紅葉あをぞらの
よこむきに飼はれてゐたる兎かな

夕焚火見てゐる人が窓のなか
小さな蜜柑二つ食べたのは昨日

西日とても背にあたたかく夢のやう

同じマスクがずつと落ちてゐて夢のやう

家出れば道濡れてゐて田螺鳴く

つの出して夜の田螺は悪いもの

月おぼろ毛布動くは笑まふかに

月おぼろ二つのごみを一つにし

春を走る子らに取り囲まれ抜かされ
吸ひがらの今日の形へ西日差す

夏の月ひとの裸ははほゑまし

ビヤホール最も遅くわれ着きぬ

秋暑し地べたに置いて紙袋

屋上に手すりのなくて秋のこゑ

疲れたから鬼灯市へゆきし人

みづうみに靴を失ふ秋の雲

藤の実が下がる子供が叱られる

秋のくれ爪を剪らうと思つてゐる

秋の雨しあはせしあはせしあはせと
夕方の部屋夕方の電気ストーブ

音楽を鳴らして冬の海へ行く
火を焚いて砂浜の名が分からない

公園の冬温かし明日世界は
その年は二月に二回雪が降り

はくれんやそれはすべて昨日のこと

花冷の白い西日がベッドの上

塩豆と昆布のかけらと春の星

今走つてゐることと夕立来さうなこと

来年の今夜藻の花咲くでせう
あなたきつとわすれる腐草蛍になる

Ⅳ

小型犬

絨緞に文鳥のゐてまだ午前

ＣＤのセロファンとれば雨か雪
凩の吹いてあかるい壁に服

胃のかたち眠りのかたち冬の空

スケーターズワルツ丘から見る町は

てぬぐひの固くかわいて冬の鳥

冬木立モニターに地下駐車場

ま上から見るガス工事冬の雨

冬空や餃子は箸に切られつつ

表札の無くて芝生と巣箱かな

てふてふや中の汚れて白い壺

さへづれば水に水玉つぎつぎ落ち
空間はスイートピーは春の花

雨匂ふ春をうしろへうしろへと

橋のない川の暑さの五月かな

豆ごはん夕日はとほくから照らす

草を踏む犬のはだしも秋めくと

水の輪のやうな舗石へ柳散る

くつしたのくたくたの月明りかな

幅広きこけしの顔や菊日和

秋麗のふと目を開く鸚鵡かな

さつきから犬は何見て秋の風

昼月の雲にまみれて丘の町

月の森白子を焼いてレストラン
野兎のとても煮られて血のソース

長椅子に手すりが二つ外は雪

水たまり空のすべての北風を

落ちる葉のすつかり落ちて休憩所

風光る駐車場には水がない

磯遊び海星拾つて笑つてゐた

小型犬抱いてわかもの花散る日

雨の祭の金魚のやうなこどもたち

材木に西日のさしてゐる散歩

ひきだしの底板うすき麦の秋

きうりもみ池は雨ふる前の色

秋の蝸牛雲からひかり八方に

世々の皿土に捨てられ萩の夜

珈琲の粉がすずしい月あかり
みみず鳴く町にすべての草は濡れ

火はうごきつづける暗さ紅葉山

水はくりかへす明るさ冬木立

その上をひかりのとほる運動会

手のひらのあかるき人に小鳥来る

V

バナナ

夢のやうなバナナの当り年と聞く

電線にあるくるくるとした部分
スプーンに小スプーンのまじりをり

いろいろないそぎんちやくのゐる世界

風船はいまスリッパに載つてをる

花の雨カタヤキソバの餡に烏賊

おばさんの白エプロンや八重桜

プーさんの絵皿にうどん春惜しむ

雀蛤となる餃子は水で焼く

ゆっくりと金魚の口を出る小石
君達はこれから冷し中華になる

文鳥は温し牡蠣フライは熱し
海鼠には心がないと想像せよ

赤茄子の腐れてゐたるところより幾程もなき歩みなりけり　斎藤茂吉

トマト畑二三歩離れものおもふ

大きなる手があらはれて昼深し上から卵をつかみけるかも　北原白秋

秋の空時計が見えて大きな手

壮年のなみだはみだりがはしきを酢の壜の縦ひとすぢのきず　塚本邦雄

千鳥酢の色を立たせて秋日かな

冬の日の丘わたり棲む連雀は慓悍の雄いまも率たりや　岡井隆

連雀やぱつと消えぬる男伊達

行きて負ふかなしみぞここ鳥髪に雪降るさらば明日も降りなむ　山中智恵子

タクシーを降りれば雪の田無かな

卵産む海亀の背に飛び乗って手榴弾のピン抜けば朝焼け　穂村弘

うつとりと晩夏をおちてゆく兎

雨の県道あるいてゆけばなんでしょうぶちまけられてこれはのり弁　斉藤斎藤

しぐるゝや海苔弁うすく醬油味

にぎりしめる手の、ほそい手の、ああひとがすべて子どもであった日の手の　笹井宏之

鍋釜に把手やさしき月あかり

冷やし中華はけっきょく一度だけ食べて長い髪して夏をすごした　永井祐

冷し中華の写真が二枚電話の中

なんといふ夏の夕べや松阪牛

天然の蝦蛄はたのしく海の底

暑き日の新幹線の速さかな

山にいくつ鹿のさびしい鼻のある

上のとんぼ下のとんぼと入れかはる

梟二羽貌をかすかに上下す

雪がふるあたまをのせる枕かな

春きやべつ心のこもつた良い手紙

飯蛸の味噌汁となり春深し

猫の仔が夜の小学校にゐる

生きるとは蛸の足には動く疣

はらわたといふは胡瓜のこのあたり

胡瓜揉み吾をにくむ人面白く

でんろく豆でんろく豆と夕焼くる
西口で買つた西瓜を北口へ

ゐのしゝ園走り出したら止まらずよ

靴べらの握りが冬の犬の顔

大根の今はただ横たはるのみ
たとふれば酢豚のパイナップルとして

放ちて楽し冬の金魚のやうな句は

VI

椎茸や人に心のひとつゞつ

菊咲けよ小学生は手がきれい

鶺鴒や雨はガラスに水となり

鯊の秋チョコレート色ばかりかな

日を受けて冷たくレモン生る木あり

バスに見る川をうづめし葛の花

ひものない鈴ことことと指に鳴る

紅葉山下りてひもかはうどんかな

指は一粒回してはづす夜の葡萄

自動車はシンメトリーで冬の海

港の景テーブルに牡蠣フライなど

石炭は燃えます低く雲は垂れ
惨憺たるおでんとなりぬ字が下手で

冬かもめ橋に上りて体つき

凩の噴水広場へは行かう

横顔や塩鮭よりも冬日を浴び

石に吹く風の聞こえるかぜぐすり

セーターが緑の男立つてゐる
冬靄にうどん会社の窓は濡れ

ふくらはぎ伸すや日の照る冬の海

ふきのたうビルうしろから日の光

節分の伊勢のスーパーマーケット

ひな祭もうすぐ犬の休むかな

卒業の部屋はそのまま夕空に
春の日に見下ろす長い線路かな

立子忌のある晴れた日のリボンかな

リボン美しあふれるやうにほどけゆく

あれは鳥雲にリボンをなびかせつ
とことはに春や三月リボンは白

雉笛や木にぎつしりと軽い雲

蕗味噌や子どもが泣いて白い壁

春は古いビルの頭に人がゐる

桜咲く山をぼんやり山にゐる

折畳傘ひろぐれば春の鹿

食堂は暗くてみづうみの景色

梅雨二人同じ長さの煙草吸ふ

困つてゐる蠅と時間の過ごし方

うみうしの浮いておよいで海の水
ゆふがたの短い階段の涼しさ

けふは降る雨ののうぜんかづらかな
のうぜんの花ゆふがたは嘘のやう

先生が来て靴を脱ぐ昼の蟬

水色のペンキの余る山法師

新しい駅が夏から秋へかな

昼月のうつろそらいろ鯔跳ねる

屋上へ登るたとへば看護婦たち
鵯のよく鳴くけふの今日限り

芋虫がふたつゐて芋虫のころ

刀豆に朝が来てゐる水たまり

アメリカの秋の感じで抜ける釘

知らぬ人ガムふくらせば秋の白

十月の朝の空にはさむい山
落花生割つてこれから献血など

木犀や水をもらつて白い犬

影がもう秋で干されてビニル傘

みのむしや水に明日が空のやう

口のない月のひかりの枯野かな

つきの光に花梨が青く垂れてゐる。ずるいなあ先に時が満ちてて　岡井隆

月の梨こんなに姿かたちかな

秋の魚かさなりあつて眼が大きい

馬たちは問題がない秋の海

句集「リボン」256句

あとがき

この句集は、六つの章に分かれています。
ざっくりと書き方の違いで、分けました。

さいきん、俳句は「待ち合わせ」だと思っていて。
言葉があって対象があって、待ち合わせ場所は、その先だ。

つまり、俳句は、どう見ても、とても短いので。

せっかくなので、すこし遠くで会いたい。

いつもの店で、と言っておいて、じつはぜんぜん違う店で。
あとは、ただ感じよくだけしていたい。

上田信治

一九六一年生まれ。
それまでただ読んでいた俳句を、二〇〇四年ごろから作り始める。
二〇〇七年から「週刊俳句」の運営スタッフ。
共編著に『超新撰21』『俳コレ』『虚子に学ぶ俳句365日』ほか。
「里」会員。

リボン　上田信治　句集

上田《うえだ》信治《しんじ》©

発行日　二〇一七年十一月三十日

発行人　島田牙城

発行所　邑書林《ゆうしょりん》

六六一-〇〇三三

兵庫県尼崎市南武庫之荘三-三二-一-二〇一

TEL　〇六（六四二三）七八一九

FAX　〇六（六四二三）七八一八

郵便振替　〇〇一〇〇-三-五五八三二

younohon@fancy.ocn.ne.jp

http://youshorinshop.com

印刷所　モリモト印刷株式会社

カバー　有限会社弘陽

用紙　株式会社三村洋紙店

定価　本体一八〇〇円プラス税

ISBN978-4-89709-781-7　C0092

装丁　山口信博+千鶴緑也